Paul
Emma
Mia
Nelly

Berit Bach

Pony-Internat Kirschental

Emmas großes Turnier

Dieses Buch gehört:

Martha

Sei lieb zu diesem Buch!

In dieser Reihe erschienen:

ISBN: 978-3-649-67075-9

MIX
Aus verantwortungsvollen Quellen
FSC® C022120

5 4 3 2 1
ISBN: 978-3-649-67076-6

Hafenweg 30, 48155 Münster

Text: Berit Bach
Illustrationen: Heike Vogel
Lektorat: Sara Mehring
Satz: Sabine Conrad, Bad Nauheim
Printed in Slovakia
www.coppenrath.de
Das ebook erscheint unter der ISBN: 978-3-649-63237-5

Berit Bach

Mit Illustrationen von Heike Vogel

COPPENRATH

1. So wird das nichts!

»Treib ihn, treib ihn!« Nele rannte auf dem Springplatz mit der Gerte hinter Lümmel her, der gemütlich auf den kleinen Oxer zutrabte. Mit hochrotem Kopf klopfte Emma ihre Fersen in Lümmels Flanken. Aber der spitzte nur die Ohren, machte einen Bocksprung und warf sich in letzter Sekunde vor dem Hindernis zur Seite. Mit Mühe und Not konnte Emma sich im Sattel halten und Lümmel hinter Paul mit Flöckchen zum Stehen bringen.

»So wird das nichts, Emma!«, rief Nele verärgert. »Du musst dich viel mehr durchsetzen! Am Samstag ist das Turnier! In vier Tagen, und Lümmel macht mit dir, was er will! So holen wir den Pokal nie zurück!«

Emma biss sich auf die Lippen. Sie sah zu ihrer Freundin Mia hinüber, die zusammen mit Sofie, Leonie und Reitlehrer Jan an der Bande stand und wie die anderen ein ratloses Gesicht machte. Alina saß auf einem Campingstuhl und hatte ihren eingegipsten Fuß auf die Bande gelegt. Neben ihr schob die kleine braun-weiß gescheckte Ziege Nelly ihren Kopf durch ein Loch in der Begrenzung. Nelly war die beste Freundin von Emmas Lieblingsstute Flöckchen, und Jan hatte extra das Loch in die Bande gesägt, damit sie Flöckchen immer sehen konnte und ihr nicht dauernd sehnsüchtig hinterhermeckern musste.
Vorm Reitplatz, im großen Schlosshof, stand Johanna

von Kirschental, die Direktorin des Internats, die die Kinder nur Joki nannten. Heftig gestikulierend sprach sie mit einem Mann, der dann in sein schwarzes Auto stieg. Hoffentlich hatte Joki nicht mitgekriegt, dass es mit Lümmel heute wieder überhaupt nicht klappte, dachte Emma. Johanna von Kirschental legte nämlich Wert darauf, dass nur talentierte Reitschüler auf das Pony-Internat Schloss Kirschental kamen. Emma hatte sich durch die Aufnahmeprüfung gekämpft.

Aber sie konnte immer noch nicht ganz glauben, dass sie und Alina beide aufgenommen worden waren. Jetzt war es Spätsommer, die Septembersonne schien warm auf den Springplatz und ließ die herrliche Natur um das Schloss in den schönsten Farben erstrahlen. Alles hätte ganz wunderbar sein können. War es aber nicht. Denn obwohl Emma nun schon mehrere Wochen auf dem Internat war, fühlte sie sich überhaupt nicht als Kirschentalerin. Die anderen kannten sich schon lange und waren eine eingeschworene Gemeinschaft. Nicht dass sie es Emma hätten merken lassen. Aber sie war eben bei fast allem, was die anderen schon miteinander erlebt hatten und worüber sie gemeinsam lachten, nicht dabei gewesen.

Vor allem aber ritten die Kirschentaler supergut. Emma hatte das Gefühl, dass die ehrgeizige Nele und ihre Freundinnen Lisa und Alina ihr übelnahmen, dass sie es noch nicht so gut konnte. In den normalen Reitstunden kam sie zwar meistens prima zurecht, aber das Springen mit ihrem Pflegepony Lümmel machte Emma schwer zu schaffen. Ausgerechnet Nele gab dabei das Training – weil sie die beste Reiterin des Internats war und auch das Turnierteam leitete. Nele hatte nur noch eines im Kopf: beim diesjährigen Turnier gegen die Jungen von Gut Falkenhorst zu siegen. Und weil Alina sich den Fuß gebrochen hatte, war Emma nun im Turnierteam. Und hatte es schwer. Sehnsüchtig sah Emma zu Flöckchen, die gerade mit dem schweren Paul leicht wie eine Feder über das Hindernis flog.

»Im Vergleich zu Flöckchen ist unser Lümmel natürlich eine Dampfwalze«, rief Jan von der Bande her, »aber wenn er mal warm ist und merkt, dass von oben ordentlich Treibstoff kommt, dann geht er auch. Du musst ihn dafür aber aktiver reiten und viel energischer treiben, Emma!«

»He – ich gebe hier heute den Springunterricht!«, rief Nele gereizt in seine Richtung.

»Stimmt«, rief Jan zurück. »Aber Erklärungen und Tipps bringen Emma weiter als Schimpfen.«

Nele warf Jan einen wütenden Blick zu.

Emma staunte. Was Nele sich Jan gegenüber herausnahm! Immerhin war Jan ein supernetter Reitlehrer und ließ Nele die Extra-Springstunden nur machen, weil sie der Meinung war, dass das normale Training für Emma und Paul nicht ausreichte. Damit hatte sie ja auch recht. Emma hatte erst mit dem Springen begonnen, als sie nach Kirschental zog. Aber bis auf Mia und Paul, ihre besten Freunde auf Kirschental, wusste das niemand. Leider holte man nicht mal so eben nach, was die anderen sich in jahrelangem Unterricht erarbeitet hatten.

»Gib ihm einfach mehr Zunder«, schaltete sich nun auch Paul ein, »dann fliegt ihr genauso schön wie wir.«

»Das musst du gerade sagen«, giftete Nele ihn an. »Dein Springstil ist immer noch die reinste Katastrophe.«
»Aber es ist schon viel besser geworden«, rief Mia herüber. »Paul hängt nicht mehr ständig wie ein Zementsack auf Flöckchens Rücken!«
»Wenn ihr es alle besser wisst, dann macht ihr doch einfach das Springtraining!«, fauchte Nele und schmiss die Gerte auf den Boden. Just in dem Moment heulte ein Motor auf und das schwarze Auto jagte mit quietschenden Reifen vom Hof. Lümmel und Flöckchen erschraken, rannten los, und Emma war so überrascht, dass sie in hohem Bogen in den Sand flog. Paul, der ebenfalls völlig entspannt auf Flöckchen gesessen hatte, landete neben ihr.
»Ist euch etwas passiert?«, rief Johanna von Kirschental erschrocken und eilte zur Reitbahn, wo Leonie, Mia und Sofie schon die Ponys einfingen.

Emma schüttelte den Kopf. »Nö, alles okay«, sagte sie und klopfte sich den Sand von der Hose.
»Geht schon«, presste Paul zwischen zusammengebissenen Zähnen hervor und rieb sich sein Hinterteil.
Joki sah dem schwarzen Auto hinterher, das auf der langen Schlossallee davonbrauste. »Der wird noch von mir hören. Es reicht jetzt«, sagte sie entschieden. »Jan, kommst du mit? Wir müssen etwas besprechen.«

Jan nickte und gemeinsam gingen sie mit großen Schritten Richtung Schlossportal.
»Dass der von Kirschental mit seinem Jaguar aber auch immer so angeben muss«, brummte Paul.
»Ihr kennt ihn?«, wunderte sich Emma und saß wieder auf Lümmel auf.
Mia nickte. »Das ist Waldemar von Kirschental, der Bürgermeister von Waldbrohl und Bruder von Joki.«
»Und der Vater von diesem blöden Hubdus«, ergänzte Paul.
»Hubdus?« Emma sah Paul fragend an. »Wer ist denn das?«
»Der heißt eigentlich Hubertus, aber alle nennen ihn Hubdus. Er geht auf Gut Falkenhorst zur Schule.«
»Gegen die wir im Turnier antreten?«
»Erraten«, sagte Nele. »Und gegen die wir gewinnen wollen. Eine echte Vollkatastrophe, dass wir das seit drei Jahren nicht mehr geschafft haben. Die können doch überhaupt nicht reiten!«
»Ist Falkenhorst denn auch ein Pony-Internat?«, wollte Emma wissen.
Paul schüttelte den Kopf.

»Nein, das ist eine ganz normale Jungenschule. Beim Sport können die aber zwischen Reiten und Fußball wählen.«
»Und Hubdus, Leon und Justus verwechseln ihre Ponys wohl mit einem Fußball«, sagte Sofie. »So wie die denen in die Seite treten.«
Die anderen nickten eifrig, nur Mia legte nachdenklich den Kopf schief. »Ich frag mich, was Hubdus' Vater jetzt dauernd hier macht«, sagte sie. »Und warum Joki, wenn er weg ist, immer so wütend ist.«
Paul hatte inzwischen Flöckchens Sattelgurt gelockert. »Ist sie das? Na, mir auch egal. Ich mach jedenfalls Schluss für heute.« Er zeigte auf seinen Hintern. »Akuter Notfall. Bis später.«
»Du kannst doch nicht einfach aus der Stunde abhauen, Pummel!« Nele sah Paul fassungslos an. »Wir sind noch längst nicht fertig!«
Doch Paul winkte nur ab und führte Flöckchen vom Springplatz Richtung Stall.
Emma gab sich einen Ruck. »Dann spring ich jetzt noch mal«, rief sie. »Aber können wir die Hürde vielleicht doch ein wenig niedriger machen?«

Nele bückte sich, hob ihre Gerte auf und motzte dann genervt los: »Nein, können wir nicht! Am Samstag springst du ja auch nicht über niedliche kleine Bodenstangen.« Dann blickte sie in Richtung Stall, wo Paul gerade mit Flöckchen verschwand. »Ich möchte nur gern wissen«, seufzte sie, »wie ich mit euch den Pokal gewinnen soll.«

2. Ausritt mit Folgen

Am nächsten Tag bimmelte Johanna von Kirschental beim Mittagessen mit der Glocke auf ihrem Tisch. Schlagartig verstummte das lebhafte Geschnatter im Rittersaal und alle Kinder standen von ihren Stühlen auf.

»Unser Turnier gegen die Schüler von Gut Falkenhorst ist in wenigen Tagen«, sagte die Direktorin. »Das Turnierteam trainiert seit Wochen fleißig. Wir haben eine Menge vorbereitet, aber es gibt immer noch viel zu tun. Wir haben Listen an das Schwarze Brett vor dem Rittersaal gehängt. Bitte tragt euch für die Dienste ein.«

»Wenn wir ganz viel helfen, kriegen wir dann endlich

einen Hund?«, piepste Leonie mit ihrer hohen Stimme.

Johanna von Kirschental lachte. »Du gibst nie auf, Leonie, oder? Aber einen Hund wird es in nächster Zeit bestimmt nicht geben. Wir haben unsere Nelly und genug Ponys, um die wir uns kümmern müssen.«

»Aber warum denn nicht?« Leonie stampfte mit dem Fuß auf. »Ein Hund ist doch etwas ganz anderes!«

»Darüber diskutieren wir jetzt nicht, Leonie«, sagte Johanna von Kirschental streng. »Vor allem nicht in diesem Ton.«

Leonie verschränkte die Arme vor der Brust und setzte sich mit bockigem Gesicht hin.

»Was sind das denn für Dienste?«, fragte Alina. Sie hatte sich bei der Aufnahmeprüfung – oder besser gesagt, bei einem dummen nächtlichen Wettrennen im Wald – den Fuß gebrochen und konnte deshalb beim Turnier nicht mitreiten. Für Nele war das die reinste Katastrophe.

Denn Alina war nicht nur eine super Reiterin, sondern hatte auch noch Pollux, ein tolles Turnierpony. Obwohl Alina nach den abenteuerlichen ersten Tagen nett zu Emma gewesen war, mochte Emma sie nicht besonders. Was vor allem daran lag, dass Alina ständig mit der arroganten und frechen Nele zusammenhing. Emma fand Nele einfach nur doof. Schlimm genug, dass sie jetzt beim Reiten ständig mit ihr zu tun hatte.

Jan, der zwischen Joki und Emmas Klassenlehrerin Frau Wörner saß, stand auf.

»Gut, dass du nach den Diensten fragst, Alina. Wir brauchen einen Willkommensdienst, um die Jungen von Gut Falkenhorst zu empfangen. Die Boxen für die Gastponys müssen vorbereitet, die Blumenkübel am Stalleingang und die Kästen vor den Stallfenstern bepflanzt werden. Und die Sattelkammer kann ruhig auch wieder einmal aufgeräumt werden.«

»Und bei dieser Gelegenheit nehmt ihr euch doch bitte auch das Reiterstübchen vor«, ergänzte Johanna von Kirschental. »Ich hab heute einen Blick hineingeworfen. Da sieht es wirklich wüst aus.«

Zwar sollten die Kinder in ihren Räumen Ordnung halten und die Zimmer wurden ab und an in ihrem Beisein von den Lehrerinnen Frau Wörner und Frau Klein kontrolliert. Aber im Reiterstübchen, ihrem »Wohnzimmer« im Stall, konnten sie genau wie im Gemeinschaftszimmer im Turm machen, was sie wollten. Und so lagen haufenweise Reitkappen, Striegel, Bürsten und Stiefel herum, Ponyzeitschriften, angebrochene Keksschachteln und Safttüten stapelten sich zwischen Trensen, Sattelfett und Hufkratzern.

»Und ich brauche ein paar von euch unbedingt in der Küche!«, rief Alma, die einen Servierwagen mit Spaghetti-Schüsseln in den Rittersaal schob. »Es gibt am Turniertag schon vormittags ein Willkommens-Büfett, dafür brauche ich Helfer.«

»Gibt's wieder Kirschental-Schlag?«, rief Paul und rieb sich über sein rundes Bäuchlein.

»Natürlich«, sagte Alma. »Nur hilfst du mir dabei dieses Mal bitte nicht. Sonst ist vor dem Servieren wieder die Hälfte weg.«

Die Kinder lachten und Paul lachte mit. Er machte kein Geheimnis daraus, dass er gern viel aß. Man sah es ihm allerdings auch an, weshalb die Kinder ihn Pummel nannten. Bis auf Emma. Die wusste, dass er diesen Spitznamen überhaupt nicht mochte.

»Was ist denn Kirschental-Schlag?«, fragte Emma Paul.

»Erdbeeren mit zerbröckeltem Baiser und Sahne. Das schmeckt so wahnsinnig toll, dass …«

»… du beim letzten Mal schon so viel vorher genascht hast, dass dir ganz schlecht war und du fast auf den Turnierplatz gekotzt hättest«, sagte Nele trocken.

»Also, tragt euch bitte in die Listen ein«, rief Johanna von Kirschental. »Und nun wünsche ich uns allen guten Appetit!«

»Willst du heute Nachmittag mit Paul und mir ausreiten?«, fragte Mia Emma nach dem Mittagessen, als sie sich für den Dienst »Reiterstübchen aufräumen« eintrug. »Im Wald ist ein kleiner Springplatz und

ich könnte dir und Pummel noch eine Springstunde geben. Nele muss es ja nicht mitkriegen.«
»Ja, super!«, rief Emma begeistert.
Mia hatte ihr in kürzester Zeit Springen beigebracht und bei ihr würde das Turniertraining bestimmt viel mehr Spaß machen als bei der immer schlecht gelaunten Nele. Wenn Emma ehrlich war, hatte Nele ihr das Springen mit dem Druck, das Turnier um jeden Preis gewinnen zu müssen, ziemlich miesgemacht. Und wenn sie ganz, ganz ehrlich war – es lag nicht nur an Nele. Lümmel war auch so ein wunder Punkt. Dass sie Reiten jemals so anstrengend finden könnte, hatte sich Emma nicht vorstellen können, bevor sie Lümmel als Pflegepony bekam. Flöckchen war da ganz anders. Auf ihr hatte immer alles super geklappt. Aber die süße Schimmelstute war nun einmal Pauls Pflegepony. Emma hatte ihn zwar schon gefragt, ob er vielleicht mit ihr tauschen würde, aber Paul hatte ihr nur einen Vogel gezeigt. Kein Wunder! Jeder im Internat wusste, dass er sich nicht gern anstrengte, und da war das geduldige Flöckchen natürlich genau das richtige Pony.

»Darf ich denn überhaupt schon allein ausreiten? Bisher war ich ja nur in der Abteilung mit Jan im Gelände«, fragte Emma.
»Na klar. Wer im Turnierteam ist, darf auch in kleinen Gruppen raus«, erklärte Mia und schrieb ihren Namen in der Aufräum-Liste neben Emmas.
»Und da Pummel und du drin seid und ich bis vor Kurzem noch drin war, ist das kein Problem. Frag Jan oder Joki aber trotzdem noch mal.«
»Alles klar!« Emma machte auf dem Absatz kehrt und lief zurück in den Speisesaal, wo Jan, Frau Wörner, Frau Klein und Joki noch immer am Lehrertisch saßen und mit ernster Miene miteinander sprachen.
»Natürlich, mach das«, sagte Jan sofort, als Emma ihn fragte, »ich bin mit deinen Fortschritten sehr zufrieden und finde, dass du auch im Gelände sicher reitest. Das siehst du auch so, Johanna, oder?«
»Mit Paul und Mia hast du ja erfahrene Reiter an deiner Seite«, sagte auch Johanna von Kirschental.
»Und dass ihr im Moor auf den festen Wegen bleibt, brauche ich ja wohl nicht mehr zu sagen.« Joki zwinkerte Emma zu.

Emma bekam einen roten Kopf. Sie wusste genau, worauf die Direktorin anspielte: auf den nächtlichen und so gefährlichen Moor-Ausritt mit Flöckchen während ihrer Probezeit.

»Dann habt einen schönen Ausritt«, lächelte Johanna von Kirschental, wandte sich wieder Jan und Frau Wörner zu und ihr Gesicht wurde schlagartig ernst.

In Windeseile machte Emma mit den anderen in der Bibliothek ihre Hausaufgaben, schlüpfte in ihre Reitsachen, und bevor sie zum Stall flitzte, las sie noch einmal das Kapitel über Springen in ihrem Reitlehrbuch.

»Ein Reiter benötigt viel Geschicklichkeit, Balance, Rhythmusgefühl und muss seine Hilfen sehr genau geben, um ein Pferd korrekt über Hindernisse zu reiten. Die Schwierigkeit beim Springreiten besteht darin, ein Pferd so an den Sprung heranzureiten, dass es beim Absprung eine optimale Flugkurve entwickeln kann. Das Pferd darf also nicht zu nah am Hindernis abspringen und auch nicht in zu großer Entfernung.«

Emma schlug das Buch zu und seufzte. Erst mal musste ein Pony überhaupt abspringen … Lümmel tat das nämlich fast nie. Hoffentlich konnte Mia ihr gleich noch zeigen, wie man ihn dazu brachte.

Emma rannte zum Stall hinüber, und bevor sie zu Lümmel ging, besuchte sie wie jeden Tag Flöckchen.

»Nach dem Turnier lässt Paul mich dich bestimmt mal wieder reiten«, sagte Emma und gab Flöckchen ein Stück Karotte. »Aber jetzt muss er natürlich mit dir üben. Und ich mit Lümmel.« Sie fuhr mit der Hand durch Flöckchens dunkelgraue, seidige Mähne. »Mit dir wäre das vielleicht einfacher. Aber irgendwie werde ich das mit Lümmel auch noch hinkriegen. Ich will schließlich nicht daran schuld sein, dass wir verlieren. Im Gegenteil – ich will, dass wir gewinnen!«

Der Kirschental-Pokal … Das war die begehrte goldene Trophäe mit den schönen eingravierten Kirschen, um die es jedes Jahr bei dem Turnier mit der benachbarten Jungenschule Gut Falkenhorst

ging. In den letzten Jahren hatten die Jungs immer mehr Glück als gute Reiter gehabt, sodass die Falkenhorster jedes Mal den Kirschental-Pokal gewannen. Die ehrgeizige Nele aber hatte sich vorgenommen, die begehrte Trophäe unbedingt zurückzuholen. Was dazu führte, dass sie sogar ihre Gerte nach den Ponys warf, wenn sie beim Training nicht zufrieden war. Vor den Extra-Springstunden bei Nele hatte Emma sich immer gewünscht, die Reitstunde möge ewig dauern. Jetzt aber sehnte sie oft deren Ende herbei. So ging das nicht weiter!

Emma gab Flöckchen noch ein Stück Rübe und ging dann zu Lümmel hinüber, der ihr wie meistens sein hinteres Ende zeigte.

»Komm, Lümmel, rum«, sagte Emma, als sie die Box betrat und sanft, aber bestimmt gegen sein imposantes Hinterteil drückte. Lümmel bewegte sich ein wenig zur Seite und nahm gnädig die Karotte aus Emmas Hand, während sie ihm das Halfter überstreifte. Nur widerwillig ließ er sich hinter Emma über die Stallgasse zum Putzplatz ziehen.

»Ein bisschen mehr Begeisterung von dir wäre echt

toll«, seufzte Emma, als sie Lümmel am Putzplatz striegelte, »dann würden wir das Springen auch besser hinkriegen.«

»Seid ihr fertig?«, rief Emma wenig später ungeduldig und sah zu Mia und Paul hinüber, die vor dem Stall Linus und Flöckchen auftrensten.
»Immer mit der Ruhe. Flöckchen mag keinen Stress. Und ich auch nicht.« Paul biss genüsslich in einen Schokoriegel. »Vor allem nicht, wenn ich Hunger habe und meine Teepause ausfällt. Es war schon anstrengend genug, Nelly daran zu hindern, uns nachzulaufen. Beim Springtraining kann ich echt keine Begleitziege gebrauchen.«
Paul schluckte das Stück Schokolade hinunter, knüllte das Verpackungspapier zusammen und ließ es in seiner Jackentasche verschwinden.
»Von mir aus kann es losgehen«, sagte Mia und saß auf. Emma und Paul schwangen sich auch auf ihre Ponys und die drei ritten auf dem schmalen Feldweg neben der Schlossmauer und dem kleinen Friedhof Richtung Wald. Im Gegensatz zu seiner Trägheit in

der Halle und auf dem Springplatz war Lümmel im Gelände richtig frisch. Er schnaubte und tänzelte, und Emma musste ihn ganz schön zügeln, damit er nicht davonpreschte. Aber kein Wunder – in der letzten Woche waren die Ausritte wegen Dauerregen meistens ins Wasser gefallen und bei den Hallenstunden wehte den Ponys keine aufregende Wiesen-, Wald- und Moorluft um die Nüstern.

»Alles okay?«, fragte Mia und drehte sich auf Linus um, der wie immer fröhlich schnaubte.

»Alles okay!«, rief Emma strahlend zurück. Und in diesem Moment waren auch tatsächlich alle Sorgen vergessen. Sie genoss jeden Schritt auf dem Rücken von Lümmel und konnte wieder einmal nicht glauben, dass sie tatsächlich auf dem wunderbaren Pony-Internat war.

Morgens ging sie mit den anderen im Schloss zur Schule und nachmittags machten sie gemeinsam Hausaufgaben, holten danach ihre Pflegeponys von der Weide, striegelten sie für die tägliche Reitstunde oder den Ausritt. Und nach dem Abendbrot ging sie wieder in den Stall. Entweder weil ihre Klasse sowieso Stalldienst hatte oder weil sie bei den Ponys sein wollte. Vor allem bei Flöckchen. Mia hatte sie sogar schon einige Male aus dem Stall holen müssen, weil Emma sich einfach nicht von Flöckchen trennen konnte. »Linus ist kaum noch zu halten!«, rief Mia. »Lasst uns mal traben!«

Sie trabten munter den breiten Waldweg entlang, der zur Feenhütte führte. Kurz nach dem beliebten Ausflugsziel mit dem kleinen Grillplatz bog Mia in einen Weg ein, den Emma noch nicht kannte. Sie ritten den Pfad entlang, bis er in einer Lichtung mündete, auf

der ein Springplatz lag. Daneben stand ein kleiner Schuppen.

»Hier ist es aber schön!«, rief Emma begeistert. »Und so versteckt!«

»Das ist unser Feenspringplatz«, sagte Mia und saß ab. »Weil er so weit vom Schloss weg ist, wird er kaum noch benutzt. Aber zum Üben ist er genau richtig. Fang du an, Emma.«

»Mia macht aus dir bestimmt so eine Springkanone wie aus mir«, sagte Paul grinsend, als Emma an ihm vorbeiritt.

»Springkanone ist gut!«, lachte Mia. »Aber mittlerweile sieht es wenigstens nicht mehr so aus, als würde Flöckchen nasse Säcke über die Hürde wuchten. Nur noch trockene.«
Paul verzog den Mund. »Ich bin eben in anderen Sachen gut. Zum Beispiel kann ich …«
»Jetzt quatsch nicht so viel, Pummel. Emma, los! Spring die kleine Mauer und den Steilsprung gleich hintereinander. Ewig Zeit haben wir nämlich nicht. Nele hat heute mit ihrer Klasse zwar noch Sport, aber vielleicht kommt sie danach auch auf die Idee, hierherzureiten. Und so genervt, wie die gerade ist, braucht sie nicht mitzukriegen, dass ich mit euch übe.«
»Okay.« Emma trabte an und Lümmel sprang ganz gegen seine Gewohnheit sofort in Galopp, raste auf die Mauer zu und setzte mit einem hohen Sprung darüber. Vor dem zweiten Hindernis wurde er sogar noch schneller. Emma zügelte ihn mit aller Kraft, und einen Moment sah es so aus, als würde er nun gar nicht mehr springen. Doch kurz vor dem Hindernis machte er einen Satz, sprang ruckartig darüber und keilte nach dem Landen ein paarmal übermütig aus. Wieder wäre

Emma fast heruntergefallen, konnte sich aber gerade noch halten und parierte Lümmel atemlos durch.

Paul schüttelte sich vor Lachen. »Tolle Nummer«, japste er, »wie ein Hubschrauber seid ihr da drübergeflogen!«

»Das sah wirklich lustig aus«, grinste auch Mia, »aber das war nicht Lümmels Schuld. Vor dem Hindernis hast du ihn zu sehr gebremst und dann noch mal so heftig getrieben, dass er gar nicht mehr wusste, was er tun sollte. Und du hast ihn zwischen den Hindernissen nicht ordentlich aufgenommen, deshalb ist er so schnell geworden. Mach die beiden Sprünge noch mal – aber mit viel mehr Ruhe und Kontrolle.«

Emma rückte ihre Reitkappe zurecht und lenkte Lümmel gerade wieder auf das erste Hindernis zu, als plötzlich eine Horde johlender Jungen auf Ponys aus dem Gebüsch auf den Platz stürmte. Lümmel wieherte erschrocken, raste wie von der Tarantel gestochen los und sprang über sämtliche Hindernisse auf dem Platz.

Ängstlich krallte Emma sich an das aufgehetzte Pony.

»Versuch, ihn durchzuparieren!«, schrie Mia. »In den Rücken setzen, Kreuz anspannen und zieheeeeen!!!«

Emma zerrte, so fest sie konnte, an den Zügeln, und schließlich gelang es ihr, Lümmel zum Stehen zu bringen. Das Herz schlug ihr bis zum Hals. »Was war denn das?«, fragte sie völlig außer Atem.

»Das«, sagte Mia und sah den Ponys hinterher, die auf dem staubigen Sandweg davongaloppierten, »waren Hubdus von Kirschental und seine Freunde Leon und Justus. Die Chaoten von Gut Falkenhorst.«

3. Ein riesiger Fleck

»Ich hätte es mir aber auch denken können.« Mia trat ärgerlich mit dem Fuß auf. »So lange wie Hubdus sich nicht hat blicken lassen, musste ja mal wieder irgendetwas passieren.«
Emma sah sich um. »Wo ist eigentlich Paul?«
»Ach, du liebe Güte«, rief Mia erschrocken, »ich habe nur auf dich und Lümmel geguckt. Pummel habe ich ganz vergessen!«
»Dann ist Flöckchen bestimmt auch durchgegangen«, vermutete Emma. »Komm, wir müssen die beiden suchen!«
»Nicht nötig«, sagte plötzlich eine Stimme hinter ihnen. Emma und Mia fuhren herum.

»Flöckchen ist gestolpert und da bin ich runtergeflogen. Aua!«, stöhnte Paul und krabbelte mit schmerzverzerrter Miene auf allen vieren aus den Büschen. Emma und Mia halfen ihm auf die Beine. »Autsch, tut das weh!«, jammerte Paul und rieb sich sein Hinterteil. »Und wieder auf dieselbe Stelle wie gestern! Warum gibt es eigentlich keine Reitkappen für den Po?«

Emma prustete los.

»Das ist gar nicht witzig«, brauste Paul auf, »ich möchte dich mal sehen, wenn du zweimal hintereinander auf deinen Po fällst!«

»Darüber lache ich ja auch gar nicht«,

grinste Emma. »Ich stelle mir dich nur gerade mit Reitkappe am Hintern vor. Aber lasst uns jetzt lieber Flöckchen suchen!«

»Ach, die ist bestimmt schon nach Hause gelaufen«, sagte Paul. »Das macht sie immer, wenn ich runterfalle. Und unterwegs frisst sie noch die Blumen von der Friedhofsmauer. Darüber regen sich dann immer die Omas mit den Gießkannen auf.« Paul machte ein paar Schritte. »Autsch! Aber das waren gerade übrigens super tolle Sprünge mit Lümmel.«

»Echt?«, fragte Emma.

»Ja, wirklich«, nickte auch Mia. »Zwar nicht freiwillig, aber immerhin. Lümmel hat gezeigt, dass er es kann.«

»Stimmt«, sagte Emma und klopfte Lümmels Hals. »Und anscheinend hat er sogar Spaß daran.«

»Warum auch nicht«, sagte Paul.

»Weil Ponys normalerweise nicht freiwillig springen«, erklärte Emma.

»Was du immer alles weißt«, staunte Paul.

»Hab ich halt mal gelesen.« Emma seufzte. »Nur schade, dass mir ein Hubdus im Gebüsch beim Springen mehr hilft als meine Reitlehrbücher.«

Paul humpelte neben den Mädchen und den Ponys den Weg zum Schloss zurück. Schon von Weitem entdeckten sie Flöckchen. Sie stand tatsächlich an der Friedhofsmauer und zupfte genüsslich die Blumen ab, die darüberragten. Eine alte Dame schimpfte und fuchtelte wild mit ihrem Stock in der Luft herum. Aber Flöckchen fraß ungerührt weiter, bis Paul sie am Zügel nahm. Da er nicht mehr aufsitzen wollte, gingen sie alle das restliche Stück zum Stall zu Fuß, versorgten die Ponys und vergewisserten sich, dass mit Flöckchens Beinen alles in Ordnung war. Dann liefen sie in den Rittersaal zum Abendbrot.

»Ich esse nicht mit«, sagte Paul vor der großen eisenbeschlagenen Holztür.
Mia sah ihn erstaunt an. »Hast du etwa keinen Hunger?«
»Hunger schon. Aber ich kann nicht sitzen. Ich hab bestimmt einen riesigen blauen Fleck am Po. Und auf Neles blöde Sprüche habe ich keine Lust.«

4. Wenn es schiefgeht, kommt es besser

»Was soll das heißen, du kannst das Turnier nicht mitreiten?« Aufgebracht sah Nele Paul an. Sie hatte Emma, Paul, Sofie und Leonie nach dem Abendbrot ins Reiterstübchen kommandiert, weil sie die Trainingspläne für die nächsten Tage noch einmal durchsprechen wollte. Alle hatten es sich auf den Sofas und Sesseln gemütlich gemacht, und Alina, die bei allen Besprechungen dabei war, legte ihren eingegipsten Fuß auf einen herumliegenden Sattel. Paul war der Einzige, der stand.
»Dass ich nicht mitreite«, wiederholte er seelenruhig. »Ich war gerade bei Doktor Heilemann, und der hat

gesagt, dass ich mindestens zwei Wochen nicht reiten soll.«

»Das darf doch wohl nicht wahr sein!«, stöhnte Nele und verdrehte die Augen. »Mein Luca hat heute gelahmt, Alina bricht sich den Fuß, du hast blaue Flecken am Hintern und Emma kommt mit Lümmel nicht über die Sprünge. Wie sollen wir denn da gegen die Falkenhorster antreten? Die lachen sich ja kaputt!«

»Ich komme sehr wohl über die Hürden«, widersprach Emma laut. »Und bis zum Turnier trainiere ich eben noch mehr.«

Mia nickte. »Emma braucht wirklich nur noch ein paar Übungssprünge.«
»Etwa mit dir?«, fragte Nele angesäuert. »Dann übernimm doch gleich, wenn ich das nicht gut genug mache.«
»Jetzt hört doch mal auf, euch zu streiten«, griff Alina ein. »Ich habe eine Idee.«
Alle sahen Alina an.
»Wie wäre es, wenn du, Nele, meinen Pollux reitest. Der geht ja immer super und ist ein echter Sieger.«
»Würdest du mir Pollux denn wirklich geben?«, fragte Nele überrascht. »Immerhin ist er dein Pony und so wertvoll.«
»Na und? Du kannst ihn doch genauso gut reiten wie ich.«
»Danke!«, seufzte Nele. »Das ist voll super von dir.«
»Und kann dann Emma nicht jetzt auch Flöckchen reiten?«, rief Leonie. »Weil Pummel doch eine Beule am Hintern hat.«
Paul stutzte einen Moment. Er sah aus, als wüsste er nicht so recht, was er von Leonies Idee halten sollte. Alle sahen ihn gespannt an.

»Von mir aus«, sagte er schließlich. »Aber nach dem Turnier kriege ich sie sofort wieder!«
»Oh, Paul, vielen, vielen Dank!«, rief Emma begeistert und umarmte ihren Freund stürmisch. »Und natürlich bleibt Flöckchen dein Pflegepony!«
»Und Sofie reitet als Ersatzfrau für Pummel«, bestimmte Nele.
Sofie verzog das Gesicht. »Muss das sein? Ich bleibe lieber nur Ersatzfrau.«
»Wenn Sofie nicht will, dann kann Mia doch wieder ins Team«, schlug Paul vor. »Dann hätten wir eine super Mannschaft!«
»Ja, Mia, bitte, mach mit!«, bettelte Emma. »Wir brauchen dich doch jetzt so dringend. Und denk an unser Schulmotto: *Sei fair, gib dein Bestes und hilf anderen dabei!* Das bekommen wir nur hin, wenn du mitmachst.«
Unentschlossen sah Mia von einem zum anderen. Dann gab sie sich einen Ruck. »Emma hat recht. Und es lag ja bloß an Nele, dass ich ausgetreten bin.« Sie sah Nele an. »Ich mache allerdings nur wieder mit, wenn du nicht mehr so herumkommandierst.«

»Iiihh«, rief Mia und hielt sich die Nase zu, als Emma und sie ihr Zimmer betraten. »Was riecht denn hier so ekelig?«

»Oh, Mann!« Emma lief zu ihrer Jacke und holte drei kleine Päckchen heraus.

»Aber das sind jetzt nicht die Käsebrote mit dem Stinke-Ziegenkäse vom Abendbrot, oder?«, fragte Mia und verzog das Gesicht.

»Doch«, sagte Emma fröhlich, »weil Paul die so gern isst. Da habe ich ein paar für ihn eingepackt und vorhin ganz vergessen. Er muss doch jetzt riesengroßen Hunger haben.«

»Dann bring ihm die Stinkbomben bloß schnell rüber.« Mit zugehaltener Nase öffnete Mia das Turmfenster. »Guck mal, es ist wieder Vollmond.«

»Echt?« Emma drehte sich im Türrahmen um. »Dann bin ich ja schon vier Wochen hier! Das kommt mir überhaupt nicht so vor.«

»Mir auch nicht«, sagte Mia. »Aber wenn's schön ist, vergeht die Zeit ja immer total schnell.«

»Stimmt. Und hier ist es megaschön – bis auf das Handyverbot. Und Nele.«

»Na ja, mit dem Handyverbot kann man leben. Und an Nele muss man sich irgendwie gewöhnen. Aber vielleicht ändert sie sich ja jetzt.«

»Hoffentlich! Toll, dass du wieder im Team bist!« Emma strahlte ihre Freundin an und lief dann zu Paul hinüber. Leise klopfte sie an seine Tür.

»Paul?« Emma horchte, aber es kam keine Antwort.

»Paul, ich bin's, Emma«, sagte sie etwas lauter, aber wieder blieb es still.

Jetzt drückte sie die Klinke hinunter und trat in Pauls Zimmer. Das war wie meistens unaufgeräumt, wenn Paul nicht gerade Frau Wörner oder Frau Klein für die Schrankinspektion, die es immer wieder mal gab, erwartete. Überall lagen Zeichnungen und Schaumstoff herum. Eine Tüte, auf der »Gipspulver« stand, war neben einem Eimer Wasser umgefallen, und weißer Staub bedeckte den Boden. Aber von Paul keine Spur.

Emma lief zu Mia zurück.

»Er ist nicht da?«, fragte Mia überrascht und sah auf die Uhr. »Es ist fast halb elf. Vielleicht ist er nur mal pieseln?«

Aber auch zehn Minuten später war Paul nicht in seinem Zimmer.
»Vielleicht hat er einen Zettel geschrieben, wo er hingegangen ist«, überlegte Emma. »Lass uns noch mal nachsehen.«
»Und lass die Brote endlich auch gleich da«, sagte Mia, »ich fall hier sonst in Ohnmacht.«
Die Mädchen schlichen wieder nach nebenan und sahen sich in Pauls Zimmer um.
»Guck mal hier«, sagte Emma und hielt einen abgerissenen karierten Notizblockzettel hoch. »Elf, Friedhofsmauer.«
Mia nahm den Zettel in die Hand. »Was soll denn das?«

»Keine Ahnung. Vielleicht elf Uhr?« Emma sah auf ihre Armbanduhr. »Das ist gleich. Los, komm!«
Emma legte die Ziegenkäse-Brote auf Pauls Schreibtisch, und sie schlichen die Stufen des Flockenturms hinunter, damit die anderen aus der dritten Klasse in ihren Zimmern nicht wach wurden. Unten angekommen, öffneten sie so leise wie möglich die Turmtür und rannten im Schatten der Scheunenwand über den Hof zum Stallgebäude. Plötzlich hielt Emma Mia am Arm zurück.
»Was ist?«, fragte Mia erschrocken.
»Hörst du das?« Emma lauschte in die Stille.
»Was?«, fragte Mia.
»Das Poltern.«
Die Mädchen lauschten noch einmal in die Dunkelheit. Aber außer dem Schnauben einiger Ponys war nichts zu hören. Sie liefen um den Stall herum, als auf dem Feldweg hinter den Stallungen plötzlich die Scheinwerfer eines Autos aufblitzten.
»Was macht das denn hier? Mitten in der Nacht an der Friedhofsmauer?«, flüsterte Mia ängstlich und duckte sich mit Emma an die Stallwand.

Emma beugte sich ein wenig vor.
»Bei dem Auto ist auch Paul! Und er hat irgendetwas Großes in der Hand!«
Mia schauderte. »Sollen wir nicht lieber Jan holen?«
»Dafür ist es jetzt zu spät. Das Auto fährt schon wieder weg und Paul kommt zurück.«
Als Paul um die Ecke zum Stall humpelte, sprangen Emma und Mia ihm in den Weg. Paul stieß einen kleinen Schrei aus und ließ den großen Karton fallen.
»Mann, müsst ihr mich so erschrecken!«, stammelte er und hob die Schachtel auf.
Emma schnupperte. »Das … das ist doch nicht etwa Pizza?«, fragte sie ungläubig.
»Erraten«, sagte Paul und machte den Deckel auf. »Ich hatte doch kein Abendbrot und da habe ich eine Pizza kommen lassen. Mist, jetzt ist der ganze Belag verrutscht. Die schöne Salami!«
»Aber wie hast du die bestellt? Du hast doch gar kein Handy«, wunderte sich Mia.
»Als ich bei Doktor Heilemann war, habe ich gefragt, ob ich mal kurz meine Eltern anrufen kann. Das habe ich natürlich nicht gemacht.«

»Stattdessen hast du dir eine Pizza bestellt«, lachte Emma.
»Genau. Und zwar an die Friedhofsmauer, damit man das Lieferauto nicht bemerkt.« Paul sah auf den Pizzakarton. »Die haben aber diesmal versehentlich die Familiengröße gebracht, weil ich was von Mama und Papa gefaselt habe, als Doktor Heilemann gerade vorbeiging. Umso besser. Dann reicht sie für uns drei.«

»Ich kann nicht mehr«, stöhnte Emma nach dem dritten Stück Salamipizza. Sie saß auf dem alten Sofa im Reiterstübchen, wo sie es sich im Taschenlampenschein gemütlich gemacht hatten.
»Ich platze auch gleich«, sagte Mia.
»Super«, freute sich Paul und nahm sich sein fünftes Stück, »ich hab nämlich noch Platz im Bauch.«
»Was machen wir denn mit dem Karton?«, fragte Emma. »Den können wir hier nicht einfach so wegwerfen. Jeder würde sich fragen, wo der herkommt.«
»Ich hab morgen früh Küchendienst«, sagte Paul. »Dann werfe ich ihn einfach dort in den Container.«

»Aber klein gerissen«, sagte Mia.

Paul sah sie vorwurfsvoll an. »Das ist nicht meine erste Pizza von der Friedhofsmauer.«

»Hätte ich mir ja denken können«, grinste Mia und gähnte. »Lasst uns schlafen gehen. Ich bin total müde.«

»Okay. Aber wir nehmen den Eingang durch die Küche«, sagte Paul. »Nachts ist Jan manchmal noch unterwegs. Und letztes Mal hat er mich mit der Pizza hier erwischt.«

»Und nichts gesagt?«, fragte Emma.

Paul zuckte die Schultern. »Zumindest habe ich von Joki nichts zu hören bekommen. Los, wir nehmen den

Karton doch schon mit. Dann sind alle Spuren verwischt.«
Unbemerkt schlichen sie aus dem Stall und durch den Kücheneingang im hinteren Teil des Schlosses über den Flockenturm zu den Zimmern.
»Den Weg kenne ich ja noch gar nicht«, staunte Emma.
»Es gibt hier eine Menge Wege«, sagte Paul. »Und es soll sogar einen Geheimgang geben.«
»Und wo ist der?«, fragte Emma.
»Weiß ich auch noch nicht. Aber irgendwann werde ich ihn schon finden.«
Auf ihrem Flur wünschten sie sich leise gute Nacht und verschwanden dann in den Zimmern.
»Mensch«, rief Emma, als sie sich gerade ins Bett legen wollte, »jetzt habe ich ganz vergessen, Paul zu sagen, warum es in seinem Zimmer so stinkt. Ich lauf noch mal rüber.«
Mia knipste das Licht aus. »Aber sei leise, wenn du wiederkommst. Ich will endlich schlafen. Es ist fast schon zwölf.«
Emma schlüpfte in ihre Pantoffeln und lief wieder zu Paul.

Als sie seine Zimmertür öffnete, schlug der Gong der großen Turmuhr den ersten von zwölf dunklen Schlägen.
»Paul, ich wollte mich noch …«, flüsterte Emma, verstummte aber sofort, als sie Paul auf seinem Bett sitzen sah. Leichenblass zeigte er mit zitterndem Zeigefinger zur Decke. Und da hörte Emma es auch: Über ihnen galoppierte ein Pferd!

5. Eine böse Überraschung

»Wie seht ihr denn aus?«, fragte Sofie am nächsten Morgen, als Paul und Emma blass und mit dunklen Ringen unter den Augen ihre Brötchen kauten. »Gab es vielleicht irgendwo eine Mitternachtsparty und ich war nicht dabei?«

»Nee«, sagte Emma, »wir …«

In dem Moment stürmte Jan mit wütend stampfenden Schritten in den Rittersaal. »Kann mir einer von euch vielleicht sagen, was der Quatsch soll?«, rief er aufgebracht.

Alle Augen richteten sich überrascht auf den wütenden Reitlehrer.
»Was für ein Quatsch?«, fragte Leonie mit ihrem hohen Stimmchen.
»Das könnt ihr gleich sehen!«, rief Jan ärgerlich. »Ich erwarte euch alle nach dem Frühstück in der Scheune.«

»Moment«, sagte Frau Wörner und bimmelte das Glöckchen am Lehrertisch. »Die Kinder müssen noch ihre Schulsachen holen und dann in den Unterricht. Ordnung muss sein!«
»Es wird nicht lange dauern, Frau Wörner«, sagte Jan. »Alle werden pünktlich da sein.« Dann machte er auf dem Absatz kehrt und verließ so wütend, wie er gekommen war, den Rittersaal. Hastig schlangen alle ihr Frühstück hinunter und liefen danach neugierig zur großen Scheune, wo Jan sie schon erwartete.

»Hat jemand eine Idee, wer das war?«, fragte er und zeigte auf die Turnierhindernisse.

»Ach, du Schreck!«, rief Emma. »Wie sehen die denn aus?«

Die Hindernisse waren mit oranger, giftgrüner und roter Farbe besprüht.

»Du denkst doch wohl nicht, dass einer von uns so etwas machen würde, oder?«, fragte Nele.

»Ich kann es mir ehrlich gesagt nicht vorstellen«, sagte Jan. »Aber wenn ich an nächtliche Abenteuerritte ins Feenmoor denke, die ich mir auch nicht hätte vorstellen können ...«

Nele presste die Lippen aufeinander und sah auf den Boden.

»Also«, fuhr Jan fort, »falls jemand etwas Auffälliges gesehen oder gehört hat oder noch sieht oder hört, sagt mir sofort Bescheid. Das hier muss gestern Nacht passiert sein, abends habe ich nämlich noch den Oxer repariert.«

»Da war so ein Pol...«, begann Emma, doch Mia knuffte sie in die Seite. »Später«, flüsterte sie, »nicht hier vor den anderen.«

Kaum jemand konnte sich auf den Unterricht konzentrieren, die besprühten Hindernisse waren in allen Klassen das Thema des Tages.

»Übermorgen ist das Turnier und die Hindernisse sind nicht zu gebrauchen«, sagte Sofie verzweifelt. »Was machen wir denn jetzt?«

»Warum nehmen wir nicht einfach die, die schon auf dem Springplatz sind?«, fragte Emma.

»Die alten? Die sind doch nur zum Üben«, antwortete Paul. »Beim Turnier muss alles toll aussehen und da brauchen wir die neu gestrichenen und nicht die ollen Teile. Da lachen sich die Falkenhorster ja kaputt, bevor wir überhaupt aufs Pferd gestiegen sind.«

»Ja, das ist eine schwierige Situation«, sagte Frau Wörner. »Lasst uns gemeinsam überlegen, was wir tun können.«

»Am einfachsten ist doch, wir streichen die Hindernisse sofort wieder neu«, schlug Emma vor.

»Wir?«, fragte Hanna entsetzt, die sich im Gegensatz zu ihrer Zwillingsschwester Sofie nie gern dreckig machte und auch im Stall lieber vor dem Ausmisten drückte. »Das ist doch gar nicht unsere Aufgabe. Das muss Jan als Reitlehrer machen.«

»Aber wir haben doch unser Schulmotto!«, rief Emma. »*Sei fair, gib dein Bestes und hilf anderen dabei.* Und Jan kann das allein bestimmt nicht mehr hinkriegen. Außer er lässt unsere Reitstunden ausfallen. Und das wollen wir doch nicht, oder?«

»Nö«, überlegte Hanna, »auf das Reiten möchte ich nicht verzichten.«

»Von mir aus streichen wir die Dinger an«, sagte Paul. »Aber wenn sie uns dann wieder jemand besprüht?«

»Wir bewachen sie ab heute einfach!«, piepste Leonie triumphierend. »Am besten mit Schreckschusspistolen!«

Beim Mittagessen läutete Johanna von Kirschental die Glocke. »Emma möchte euch etwas sagen.«

Emma stand auf und schluckte. Sie hatte noch nie vor allen Kirschentalern gesprochen, und ihre Bauchschmetterlinge flogen wild umher, als sämtliche Augen im Raum sie gespannt ansahen.
Emma räusperte sich. »Wir haben in unserer Klasse überlegt«, fing sie an, »dass wir die Hindernisse bis zum Turnier wieder hinkriegen, wenn jede Klasse zwei anstreicht. Und wenn wir heute und morgen auch während der Teepause daran arbeiten. Alma würde uns sogar Brote, Plätzchen und Saft in die Scheune bringen. Ich hab sie schon gefragt.«
»Tolle Idee!« und »Klar, machen wir!« riefen die Kinder durcheinander und Emma setzte sich erleichtert wieder hin.

»Super Vorschlag, Emma, danke«, sagte Jan und stand vom Lehrertisch auf. »Ich hatte schon überlegt, Freunde aus dem Dorf zu fragen, aber mit euch wird das viel lustiger.«
»Können wir jetzt nicht doch einen Hund kriegen?«,

rief Leonie und sah Johanna von Kirschental erwartungsvoll an. »Einen richtigen Wachhund? Dann brauchen wir keine Schreckschusspistolen, wenn es wieder jemand auf die Hindernisse abgesehen hat.« Die Kinder im Rittersaal lachten über Leonies Vorschlag und Johanna von Kirschental lachte herzhaft mit.

Der Tag war mit Schule, Essenszeiten, Hausaufgaben und Anstreichen so voll, dass Emma bis zur Springstunde kaum zum Nachdenken kam. Sie wollte eigentlich mit Paul noch über den nächtlichen Spuk sprechen. Aber in der Aufregung über die besprühten Hindernisse und bei der Freude, endlich Flöckchen reiten zu dürfen, vergaß sie es völlig. Auch Paul sprach das Geisterhufgetrappel von sich aus nicht mehr an. Ab Mittag war er wieder ganz der Alte, redete viel und aß zwei riesige Portionen Kartoffelauflauf.
»Jetzt kann ich es dir ja erzählen, Flöckchen«, sagte Emma, als sie die Stute für die Springstunde sattelte. »Nach der Probezeit, als ich die Kerzen auf der großen

Willkommenstorte ausgeblasen hatte, habe ich mir gewünscht, dich wieder zu reiten. Und nun darf ich das sogar bei meinem allerersten Turnier!« Flöckchen schnaubte leise und schnüffelte an Emmas Jackentasche. »Du kriegst jetzt sogar zwei Möhrchen und nach der Springstunde noch mal eins«, lachte Emma und ging mit Flöckchen und Nelly, die wie immer an Flöckchen klebte, in die Reithalle. Das Training musste drinnen stattfinden, weil es wieder mal regnete und der Springplatz eine einzige Matschlandschaft war.

In der Halle ritten sich schon Mia mit Linus, Leonie auf Fritzi und Nele mit Pollux, dem rassigen Turnierpony von Alina, warm. Paul, Alina, Sofie, Marie, Hanna und noch einige andere Schüler aus allen Klassen sahen zu. Nelly

natürlich auch. Sie stand leise meckernd an ihrem Guckloch in der Bande.

»Jetzt möchte ich aber ordentlich was geboten bekommen, wenn ich bitten darf«, rief Paul von der Tribüne und biss in einen Schokoriegel. »Und … Äktschn!«

»Dann zeigt Paul und mir mal, was ihr könnt«, grinste Jan. »Nele, fang bitte an.«

Nele ritt den kleinen Parcours, galoppierte an und Pollux sprang hoch und weit. Bei jedem Sprung waren die beiden im richtigen Rhythmus und Nele saß wie festgewachsen im Sattel. Als sie nach der letzten Hürde landete, applaudierten alle.

»Perfekt!«, rief Jan zufrieden. »Samstag machst du es am besten genauso. Mia, du bist dran.«

Mia ritt an und auch sie steuerte trotz des immer nervösen Linus sicher über die Hindernisse. Auch für sie gab es Beifall.

»Jetzt du, Leonie!« Jan gab Leonie ein Zeichen, dass sie mit Fritzi anreiten sollte. Fritzi hoppelte mit seinen kurzen Beinen eifrig von Hindernis zu Hindernis und machte seine Sache prima. Nur bei der letzten Hürde fiel die Stange. »Aber wenn wir für den Turniersieg endlich unseren Hund kriegen, strengen wir uns noch mehr an«, rief Leonie.

Jan lachte. »Das werde ich gleich Johanna sagen.«

»Ja, bitte! Und dann sag ihr auch, dass ich mich wirklich um ihn kümmern werde, ganz bestimmt, großes Kirschentaler-Ehrenwort«, legte Leonie nach. »Und außerdem sind ja noch viel mehr da, die sich einen Hund wünschen. Sofie und …«

»Ich!«, rief Emma.

»Und ich!« Plötzlich stimmten alle Kinder in der Bahn und auf der Tribüne in die Rufe nach einem Hund ein.

Jan raufte sich die Haare. »Ist ja gut, ist ja gut! Ich habe verstanden und spreche nochmals mit der Chefin. Aber ich fürchte, sie bleibt hart. So, jetzt ist Emma dran.«

Emmas Schmetterlinge im Bauch machten kleine Saltos.

»Sei so lieb wie bei meinen allerersten Sprüngen, ja?«, wisperte Emma Flöckchen zu und ritt an. Flöckchen fiel in einen ruhigen Galopp und sprang fließend über jede Hürde. Emma klopfte ihrer Lieblingsstute den Hals und sah strahlend zu Mia und Paul auf die Tribüne hinauf.

»Super! Toll! Klasse!«, rief Mia und reckte beide Daumen in die Höhe. Paul dagegen sah ganz verdruckst aus.

»Als wärest du schon immer mit Flöckchen gesprungen, wirklich prima«, lobte auch Jan.

»Ich denke, als Team habt ihr sehr gute Chancen beim Turnier. Was meinst du, Nele?«

»Doch«, sagte Nele, und Emma fand, dass sie zum ersten Mal ein kleines bisschen zufrieden aussah, »so könnte es gehen.«

Nach dem Abendbrot lief Emma zu Neles und Alinas Zimmer in den Stern-Turm hinüber. Alina hatte ihr vorgeschlagen, dass Emma ihr Turnierdress anziehen konnte. Emma wunderte sich ein wenig darüber, weil Alina ihr ansonsten nur wenig Beachtung schenkte. Aber weil sie noch keine Reitsachen für ein Turnier hatte, nahm sie das Angebot gern an.

»Die Hose ist vielleicht etwas groß«, sagte Alina.

»Aber wenn du einen Gürtel nimmst, geht's bestimmt.« Alina humpelte zum Schrank, holte Jackett und Reithose heraus und reichte sie Emma.
»Super, danke«, sagte Emma, »echt nett von dir.«
»Klar«, sagte Alina, »dann kann ich dir jetzt auch mal helfen. Du hast eh noch etwas gut bei mir.«
»Du meinst wegen des dämlichen Wettbewerbs bei der Aufnahmeprüfung?«, fragte Emma.

Alina nickte. »Ja. Irgendwie habe ich immer noch ein schlechtes Gewissen.«
»Schon okay«, sagte Emma großzügig und merkte, dass sie Alina – selbst wenn sie so viel mit Nele machte – ganz nett fand.
Sie zog die Hose und das Jackett an und betrachtete sich im Spiegel.
»Steht dir super«, meinte Alina anerkennend.
»Schade, dass wir kein Foto machen können«, sagte Emma. »Ich hätte es gern meinen Eltern und meinem Bruder geschickt.«
»Du hast einen Bruder?« Nele, die auf dem Bett gelesen hatte, sah von ihrem Buch auf. »Ist der älter als du?«
»Ja, zwei Jahre.«
»Kommt der auch zum Turnier?«
Emma zuckte mit den Achseln. »Weiß ich nicht. Er findet Pferde blöd und sagt, dass sie stinken.« Aber aus einer Mail von ihrer früheren Schulfreundin Sara wusste Emma, dass Max überall voller Stolz erzählte, dass seine Schwester nun auf das begehrte Pony-Internat ging.

Was konnte man von einem großen Bruder mehr verlangen?
»Ich schreib ihm heute Abend, dass du ihn kennenlernen willst«, grinste Emma.
»Quatsch!«, rief Nele und lief rot an. »Ich hab ja nur gefragt. Ist mir doch egal, ob er kommt oder nicht. Übrigens lief das mit Flöckchen heute zur Abwechslung ja mal ganz prima«, lenkte Nele schnell ab. »Sie sieht mit dir viel besser aus, als wenn sie Pummel über die Hindernisse wuchten muss.«
»Warum tauscht ihr nicht einfach auf Dauer die Ponys?«, schlug Alina vor. »Soll Pummel doch Lümmel reiten. Der passt eh viel besser zu ihm. Einen dicken Hintern haben beide.« Alina und Nele kicherten.
»Gute Idee. Ich werde heute noch mit Pummel reden«, sagte Nele.
Emma rang mit sich. Was für ein verlockendes Angebot! Aber da war auch wieder dieses komische Gefühl im Bauch. Das kam immer dann, wenn irgendetwas nicht richtig gut war. Emma schüttelte den Kopf. »Ich will nicht, dass du mit Paul redest.«

»Wieso nicht?«, fragte Nele verwundert. »Alle sehen doch, dass du viel besser zu Flöckchen passt.«
Entschlossen verschränkte Emma die Arme. »Paul und Flöckchen passen genauso gut zusammen. Und ich werde sie ihm nicht wegnehmen.«

6. Schreck in der Morgenstunde!

Am Freitag, einen Tag vor dem Turnier, war im Stall Saubermachen angesagt. Jede Ecke wurde gefegt und gewischt, die frisch bepflanzten Blumenkästen vor die geputzten Fenster gehängt, und aus dem Reiterstübchen verschwanden die Stiefel, Reitkappen und Sättel dorthin, wo sie hingehörten. Die Zeitschriften wurden sorgfältig auf einen Haufen gestapelt, Keksschachteln entsorgt und die alten Sofa- und Sesselpolster von uralten Kekskrümeln befreit.
»Geschafft«, seufzte Paul, ließ sich erschöpft auf das Sofa fallen und riss eine neue Kekspackung auf. Aber Emma zog ihn gleich wieder hoch. »Wir müssen Jan

jetzt noch helfen, die Hindernisse rüberzubringen«, sagte sie. »Komm!«
Stöhnend erhob sich Paul und ging mit Emma, Mia und Nele zu Jan in die Scheune.
Dort herrschte auch schon geschäftiges Treiben: Viele Kirschental-Kinder liefen mit Stangen und Pflöcken beladen zum Springplatz.
»Habt ihr inzwischen eigentlich eine Ahnung, wer das mit den Hindernissen war?«, fragte Emma, als sie mit Jan eine Stange anhob.
Jan schüttelte den Kopf. »Nein, keinen blassen Schimmer«, sagte er. »Vielleicht hat uns jemand einen Streich spielen wollen?«

»Das waren bestimmt Hubdus, Justus und Leon«, sagte Mia, die mit Paul und Leonie eine Stange schleppte. »Wer sonst kann so blöd sein.«

»Och«, grinste Paul, »Hubdus ist doch ganz in Ordnung.«

»Huch?«, entfuhr es Leonie erstaunt. »Du fandest ihn doch immer oberblöd!«

»Bis jetzt. Aber immerhin verdanke ich ihm, dass ich morgen nicht mitreiten muss. Weil ich wegen ihm diese schönen blauen Flecken habe.« Paul zeigte auf seinen Po.

»Und wenn Paul seine blauen Flecken nicht hätte, würde ich morgen nicht Flöckchen reiten«, sagte Emma. »Und außerdem haben wir jetzt noch schönere Hindernisse als vorher.«

Zufrieden betrachtete sie die bunte Blumenwiese, die sie mit Sofie und Hanna auf den Mauersprung gemalt hatte.

»Moment mal«, schaltete sich Jan ein. »Hubdus, Justus und Leon haben euch auf dem Springplatz einen Schreck eingejagt. Aber niemand hat sie dabei beobachtet, wie sie unsere Hindernisse besprüht haben.«

»Aber wer denn sonst?«, fragte Mia.
Jan zuckte mit den Schultern. »Wir wissen es nicht. Aber als Kirschentaler bleiben wir fair. Und beschuldigen niemanden, solange es keine handfesten Beweise gibt.«

Am Samstag wachte Emma schon früh auf. Und mit ihr die Schmetterlinge in ihrem Bauch. Heute würde sie ihr erstes Turnier mit dem geliebten Flöckchen reiten! Das hätte sie sich vor vier Wochen noch nicht vorstellen können.
Beschwingt schlüpfte Emma in Jeans, T-Shirt und Pullover und schlich aus dem Zimmer. Sie wollte mit Flöckchen unbedingt noch etwas Zeit allein verbringen, bevor der Stalldienst zum Füttern kam.
Als Emma die Stallgasse betrat, schlug ihr ein mächtiger Durchzug entgegen, und sie hörte Nelly meckern. Doch es klang nicht so fröhlich wie sonst, wenn sie in den Stall kam. Emma lief zur Wiesentür, die am hinteren Ausgang war.

Die Tür wurde so genannt, weil sie zum Feldweg mit den Weiden führte. Jetzt stand das Tor sperrangelweit offen. Hatte Jan bei seinem Abendrundgang etwa vergessen, es zu verriegeln? Emma zog die Tür zu und ging zu Flöckchens Box. Aber die Stute erwartete sie nicht wie sonst mit leisem Wiehern – sie war gar nicht da! Nur Nelly kratzte mit ihren kleinen Hörnern an der Tür und klagte herzzerreißend.
»Wo ist denn Flöckchen, Nelly?«, fragte Emma verwundert und beugte sich zu der Ziege hinunter.
Emma war schon oft die Erste im Stall gewesen, aber noch nie war es vorgekommen, dass ein Pony nicht in seiner Box gestanden hatte. Sie lief mit Nelly die Stallgasse hinunter und sah in jede Box. Aber Flöckchen stand bei keinem der anderen Ponys. Am Ende der Stallgasse sah Emma, dass auch Pollux nicht in seiner Box war. Ob jemand Flöckchen und Pollux zur Weide gebracht hatte? Das würde zumindest die offene Wiesentür erklären. Emma rannte auf den kleinen Sattelplatz hinaus, von wo aus man über die Weiden bis zum Wald blicken konnte. Aber weit und breit waren weder Flöckchen noch Pollux zu sehen.

Vor Schreck ganz außer Atem lief Emma zurück in die Stallgasse und stieß am anderen Tor prompt mit Johanna von Kirschental zusammen.

»Huch, Emma! So früh schon so ein Tempo?«

»Flöckchen ist weg! Und Pollux auch«, rief Emma aufgeregt und zog Johanna von Kirschental zu Flöckchens leerer Box.

»Nur Nelly war noch da und Flöckchens Halfter ist auch weg! Bei Pollux ist es genauso. Jemand muss sie herausgeholt haben! Was machen wir denn jetzt?«

»Hast du schon auf den Weiden nachgesehen?«, fragte Johanna von Kirschental.

»Hab ich. Aber da sind sie auch nicht!«, sagte Emma verzweifelt. »Was, wenn jemand Flöckchen und Pollux gestohlen hat? Und ihnen etwas passiert ist?«

Die Direktorin legte tröstend ihren Arm um Emmas Schulter. »Die beiden werden bestimmt bald wieder da sein und alles wird sich aufklären. Wir rufen jetzt die Polizei und dann wecken wir Jan.«

In dem Moment betrat Jan den Stall. »Was ist los?«, fragte er, und Emma erzählte erneut, was sie entdeckt hatte.

»Dann fahre ich am besten sofort die ganze Umgebung ab«, sagte Jan und rannte auch schon aus dem Stall.

»Kann ich mit?«, fragte Emma und sah Joki mit flehendem Blick an. »Bitte! Ich muss wissen, wo Flöckchen ist!«

Johanna von Kirschental schüttelte den Kopf. »Nein. Heute ist das Turnier und du hast einen anstrengenden Tag vor dir und noch nicht einmal gefrühstückt. Jetzt füttern wir erst einmal die anderen Ponys. Sie dürfen unter der Aufregung nicht leiden. Und dann frühstückst du und bestimmt hat sich bis dahin alles schon wieder geklärt.«

Doch bis zum Frühstück waren die Ponys nicht wieder aufgetaucht. Mit hängenden Schultern saß Emma auf ihrem Platz und kriegte keinen Bissen herunter. Immer wieder sah sie zur Tür des Rittersaals und hoffte, dass Jan hereinkommen und rufen würde, dass die Ponys wieder da seien. Aber er kam nicht. Die anderen Kinder hatten vom Stalldienst erfahren, was passiert war, und redeten aufgeregt durcheinander. »Wenn wir einen Wachhund hätten, wäre das nicht passiert«, rief Leonie immer wieder.
Pummel schaffte es nur mit Mühe, seine Tränen zu unterdrücken. »Mein Flöckchen«, sagte er immer wieder und wischte sich über die Augen. »Wenn sie bloß heil wiederkommt.«

»Das wird sie bestimmt«, versuchte Emma, ihn zu trösten. Aber sie war selbst den Tränen nah.
Auch Alina weinte. Sie hatte ihre Eltern angerufen, die sich fürchterlich aufgeregt hatten. Dass so etwas auf Schloss Kirschental passieren konnte! Sie wollten Alina sogar vom Internat nehmen, sobald Pollux zurück wäre. Nur mit Mühe hatte Alina sie davon überzeugen können, dass sie unbedingt bleiben wollte.
Bloß Nele war richtig wütend. »Das ist ja die Vollkatastrophe!«, schimpfte sie wieder und wieder und raufte sich die Haare. »Unsere besten Ponys! Wie sollen wir denn jetzt noch gewinnen!«
Emma sprang auf. »Du denkst wohl immer nur an diesen blöden Kirschental-Pokal«, platzte es aus ihr heraus. »Aber jetzt geht es doch darum, wie es unseren Ponys geht und wo sie sind! Dein dämlicher Pokal kann mir mal den Buckel runterrutschen!«

Auf dem Gang vor dem Rittersaal trafen die Kinder Jan. »Die Polizei fragt jeden, ob er in der Gegend zwei Ponys gesehen hat. Bis jetzt ist niemandem etwas aufgefallen. Aber es ist ja auch noch sehr früh«, versuchte er, Emma und den anderen Kindern Mut zu machen.

»Dann reitest du jetzt eben Lümmel«, sagte Nele entschlossen zu Emma, »und ich werde wohl oder übel Ginger nehmen.«

»Lümmel?« Emma starrte Nele entsetzt an. »Aber das klappt doch nie im Leben!«

»Muss es jetzt aber«, zischte Nele. »Gute Reiter kommen mit jedem Pferd klar.«

Emma biss sich auf die Lippen. Das saß!

»Die Falkenhorster kommen schon mit ihren Ponys!«, rief Mia, die aus dem Fenster in den Hof hinunterblicktc. »Und der Bruder von Joki, Waldemar, ist auch schon da. Jetzt steigt Hubdus aus. Guckt mal, wie der grinst!«

Emma lief zu ihr. »Echt frech. Meinst du wirklich, er hat etwas mit dem Verschwinden der Ponys zu tun?«

»Hubdus traue ich alles zu«, sagte Mia so leise, dass Jan es nicht hören konnte. »Der hat mit Leon und Justus schon zu viele blöde Sachen gemacht.«
»Was denn?«, fragte Emma.
»Er hat sich zum Beispiel mal in die Küche geschlichen und Almas leckeren Kirschkuchenteig total versalzen. Das hat so widerlich geschmeckt. Los, komm, wir gehen runter.«

Hubdus führte sein hellbraun geschecktes Pony, das eine hübsche Blesse hatte, gerade aus dem Hänger, als Emma und Mia im Hof ankamen. Johanna von Kirschental war auch dort. »Herzlich willkommen«, sagte sie kurz und hielt ihrem Bruder die Hand hin.
»Ob das wirklich herzlich ist, wage ich zu bezweifeln«, erwiderte Waldemar von Kirschental kühl und schüttelte seiner Schwester nur kurz die Hand.

»Doch, ist es«, erwiderte Johanna von Kirschental und zwang sich zu einem Lächeln. »Lass uns wenigstens heute einmal nicht darüber reden.«

»Von mir aus«, willigte Waldemar von Kirschental ein und ging mit Johanna Richtung Springplatz.

»Da ist doch etwas im Busch«, sagte Emma und runzelte die Stirn. »Worüber wollen die heute nicht reden?«

»Wenn ich das nur wüsste«, seufzte Mia. » Aber das werden wir schon noch herauskriegen.«

Justus und Leon hatten ihre Ponys inzwischen auch aus den Transportern geholt und waren mit ihnen zu Hubdus gegangen. »Wo sollen wir sie hinbringen?«, fragte Justus.

»Kommt mit, wir zeigen euch die Gastboxen«, sagte Emma und ging neben Hubdus zum Stall.

»Wie heißt denn dein Pony?«, fragte sie und streichelte Hubdus' Schecken über den Hals.

»Bilbo. Und du bist doch die, die auf dem Springplatz im Feenmoor war, oder?«, grinste Hubdus. »Die den Satz gemacht hat.« Leon und Justus lachten hinter ihm.

»Und du bist der, der noch Cowboy spielt, oder?«,

sagte Emma schlagfertig und sah Hubdus mit zusammengekniffenen Augen an. Mit älteren Jungs konnte sie – Max sei Dank – prima umgehen.
»Na und? Macht doch Spaß«, sagte Hubdus. »Springt euer Pummel auch wieder mit?«
Emma biss die Zähne aufeinander. Am liebsten hätte sie diesem Hubdus einen Tritt in seinen Hintern gegeben. Sie konnte sich gerade noch beherrschen.

»Hier sind die Boxen für eure Ponys«, sagte sie stattdessen, als sie in der Stallgasse waren. Nelly lief jämmerlich meckernd zu ihr und Emma streichelte die kleine Ziege. »Flöckchen kommt bestimmt bald wieder«, flüsterte sie und schluckte. Um ein Haar hätte sie losgeheult. Aber vor den Falkenhorster Jungs wollte sie das auf keinen Fall.

»Habt ihr Leonie gesehen?« Nele rannte völlig aufgelöst in die Stallgasse und stolperte fast über Nelly.
»Nur beim Frühstück«, sagte Emma. »Wieso?«
»Weil Fritzi überhaupt noch nicht eingeflochten ist! Ich verstehe gar nicht, wieso sie das gestern nicht wie wir alle gemacht hat! Wenn man sich nicht um alles selbst kümmert!«, rief Nele und hastete auch schon wieder aus dem Stall.
Emma sah auf die Uhr. Dann packte sie Mia am Arm und zog sie in eine Ecke des Stalls.
»Ich hab eine Idee«, sagte sie. »Wir suchen nach Flöckchen und Pollux!«
»Jetzt?«, rief Mia entgeistert. »Bist du verrückt? In eineinhalb Stunden startet das Springen, und wenn

wir nicht rechtzeitig da sind, haben wir von vorneherein verloren!«

»Das schaffen wir schon! Aber wenn du nicht mitkommen willst – bitte. Dann mache ich es eben allein!«, rief Emma entschieden und rannte auch schon los, um Lümmels Sattelzeug zu holen.

7. In letzter Sekunde

»Wo wollt ihr denn hin?«, fragte Paul, als Emma und Mia sich hinter dem Stall auf die Ponys schwangen. Mia hatte sich doch entschieden mitzukommen, bestand aber darauf, pünktlich zum Turnierstart wieder da zu sein.

»Wir suchen Flöckchen und Pollux!«, antwortete Emma.

»Ehrlich? Mit Nelly?« Paul sah auf die kleine Ziege, die aufgeregt um Lümmel und Linus herumsprang.

»Nelly ist doch die Einzige, die sie finden kann.«

»Super Idee!«, sagte Paul, und sein Gesicht, das vorher noch ganz blass und traurig gewesen war, hellte sich auf.

»Jetzt finde ich es zum ersten Mal schade, dass ich nicht reiten kann. Ich würde echt gern mitkommen! Los, Nelly, such mein Flöckchen!«
Die kleine Ziege rannte voraus und Paul klopfte Linus und Lümmel auf die Kruppe. Emma und Mia trabten los, und als Emma sich noch einmal umdrehte, sah sie, dass Paul die Lippen aufeinanderpresste und wieder kurz vorm Weinen war.
»Ich fänd's auch doof, wenn ich mein eigenes Pflegepony nicht suchen könnte«, sagte Mia und Emma nickte. Vielleicht hatte Paul aber auch Angst, dass Emma ihm Flöckchen doch wegnahm? Sie musste später unbedingt noch mal mit ihm reden.

An der Friedhofsmauer blieb Nelly stehen und rupfte Blumen. Emma stieg ab. »Später kriegst du ganz viele«, sagte sie und schob Nelly sanft wieder auf den Weg, »aber zuerst müssen wir Flöckchen und Pollux finden. Such Flöckchen, such!«

Nelly meckerte munter und galoppierte Richtung Wald weiter, während Emma und Mia laut »Flöckchen! Pollux!« in alle Richtungen riefen. Aber nirgends tauchten ein dunkelgraues und ein rabenschwarzes Pony auf.

Im Wald stoppte Nelly, streckte ihre Nase in die Höhe und lief dann zielstrebig auf die Feenhütte zu, wo sie in den kleinen Weg zum Springplatz einbog.

»Ob Nelly wirklich weiß, wo sie hinwill?«, fragte Mia misstrauisch, doch in dem Moment wieherte es ganz in der Nähe. Nelly sprang mit allen vieren in die Luft und sauste wie der Wind auf ihren kurzen Beinen los.

»Und wie sie es weiß!«, rief Emma strahlend und galoppierte mit Lümmel bis zu dem kleinen Schuppen am Springplatz, wo Nelly immer wieder mit ihren Hörnern gegen die Tür stieß. Aus dem Schuppen drangen aufgeregtes Wiehern, Schnauben und Hufgetrappel.

Emma sprang von Lümmel ab, warf Mia die Zügel zu und wollte gerade die Tür zum Schuppen öffnen, als Leonie tränenüberströmt mit Flöckchen und Pollux am Halfter herauskam.

»Leonie!«, rief Emma verdutzt. »Was machst du denn hier?«

»Ich hole die Ponys«, schluchzte Leonie. »Ich hab das auch nur gemacht, damit Joki endlich versteht, dass wir einen Hund brauchen! Einen, der auf uns aufpasst!«

»Wie? Was? Wo?«, fragte Mia und sprang von Linus. »Ich verstehe nur Bahnhof. Jetzt erklär uns bitte mal, was los ist.«

»Ich war's«, schluchzte Leonie. »Ich habe die Hindernisse angesprüht. Und weil Joki uns dann immer noch keinen Hund erlaubt hat, habe ich eben noch

die Ponys entführt. Aber als ihr euch alle solche Sorgen gemacht habt und dann die Polizei sogar nach den Ponys gesucht hat, habe ich ein ganz schlechtes Gewissen bekommen. Und bin schnell wieder hergelaufen, um sie zu holen.«
»Oh Mann, Leonie!« Emma verdrehte die Augen. »Das kommt davon, wenn man dauernd Krimis liest!«
»Meint ihr, Joki und Jan werden sehr schimpfen?«, fragte Leonie zaghaft. »Ich mach so was auch nie wieder, großes Kirschentaler-Ehrenwort!«
»Auf eine ordentliche Predigt kannst du dich bestimmt gefasst machen«, sagte Mia, während Emma überglücklich Flöckchen umarmte.
»Finde ich irgendwie auch richtig«, sagte Emma. »Bei dem Schlamassel, den Leonie angerichtet hat. Aber die Hauptsache ist doch, dass die Ponys gesund wieder da sind und ihnen nichts passiert ist. Und Nelly, du bist die Allerbeste!« Emma streichelte Nelly, die ihre Nase zärtlich an Flöckchens drückte.
Mia sah auf die Uhr. »Ach, du liebe Zeit!«, rief sie erschrocken. »Das Turnier fängt in einer Viertelstunde an! Jetzt aber schnell!«

Sie erreichten das Schloss, als Justus, der dritte Reiter von Gut Falkenhorst, gerade in den Parcours ritt.

»Da seid ihr ja endlich!«, rief Paul erleichtert, der ihnen mit Sofie und Hanna entgegenlief und Flöckchen stürmisch umarmte.

»Bin ich froh! Wo habt ihr sie denn gefunden?«

»Leonie hat gut auf sie aufgepasst«, sagte Emma und zwinkerte Leonie zu. »Aber das erklären wir euch später. Wir müssen uns ja noch umziehen!«

Während Paul mit Sofie und Hanna die Ponys für das Turnier sattelte, lief Emma mit Mia und Leonie auf ihre Zimmer und sie zogen sich in Windeseile die Turnierkleidung an. Völlig außer Atem erschienen sie kurz danach wieder im Stall.

»Paul hat mir schon alles erzählt!«, rief Jan und sah Leonie streng an. »Ich bin gespannt, was wir von dir hören. Aber erst nach dem Turnier.«

Leonie presste die Lippen aufeinander und nickte mit gesenktem Kopf.

»Die Jungen von Falkenhorst waren gut«, fasste Jan den Stand des Turniers zusammen, »aber sie hatten eine Verweigerung und drei Stangen fielen. Dafür

waren alle sehr schnell. Vor allem Hubdus hat mit seinem Bilbo einen erstklassigen Ritt hingelegt.«
In dem Moment klang von draußen Applaus herein.
»Nele auf Ginger, acht Strafpunkte!«, hallte es aus dem Lautsprecher.
»Hilfe!«, rief Alina erschrocken, die ebenfalls zu ihrem Pollux in den Stall gekommen war. »Wenn Nele schon acht Punkte hat, dann haben wir ja schon fast verloren!«

Nele kam mit Ginger um die Ecke. »Dass der aber auch seine Beine nie richtig hochzieht!«, schimpfte sie.
Jan klopfte Gingers Hals. »Ein Pferd ist niemals schuld, Nele. Das habe ich dir schon so oft gesagt. Such die Schuld bei dir.«
»Brauch ich nicht, ich habe keine«, fauchte Nele.
»Wenn hier jemand Schuld hat, dann sie!« Ärgerlich zeigte Nele mit dem Finger auf Leonie. »Wegen ihr

läuft alles schief und wir können den Turniersieg vergessen.«

»Ich weiß, ich weiß«, sagte Leonie kleinlaut. »Das war total blöd von mir. Ich hab mir als Wiedergutmachung überlegt, dass ich die nächsten zwei Wochen die Ställe von Pollux und Flöckchen ausmiste. Zusätzlich zu Fritzis. Und drei Wochen lang abends den Stall fege.«

»Darüber können wir später reden«, sagte Jan, wurde aber von der Lautsprecheransage unterbrochen.

»Mia auf Linus bitte in den Parcours!«, schallte es aus den Boxen.

»Drückt mir die Daumen!«, rief Mia und ritt mit Linus zum Springplatz. Emma, Leonie, Nele und Jan folgten ihr mit ihren Ponys.

Das Startsignal ertönte und Mia galoppierte los.

Fließend sprang Linus über die Hindernisse und es sah nach einem fehlerfreien Ritt aus. Doch am vorletzten hatte auch er einen Abwurf.
»Mia Schneider auf Linus, vier Strafpunkte«, fasste Johanna von Kirschental das Ergebnis in der Lautsprecherdurchsage zusammen.
»So schade!«, rief Mia, als sie aus dem Springplatz kam und Linus den Hals klopfte. »Aber vielen Dank, Dicker. Du hast deine Sache trotzdem sehr gut gemacht.«
»Nun kommt Leonie mit Fritzi in die Bahn!«, kündigte diesmal Waldemar von Kirschental die nächste Reiterin an.
»Reite einfach, als würdest du deinen Hund schon haben und er würde hier auf dich warten«, flüsterte Emma Leonie zu und klopfte Fritzi auf die Kruppe. »Dann schafft ihr das bestimmt!«
»Danke«, seufzte Leonie und ritt zum Start. Sie legte in einem rasanten Tempo los, der kleine Fritzi flitzte von Hürde zu Hürde, sprang mit großem Herz darüber und es wurde ein fehlerfreier Ritt. Das Publikum applaudierte begeistert.

»Super! Supertoll!«, riefen Paul, Mia, Emma und Nele, als Leonie strahlend aus dem Sattel sprang.
»Wir haben jetzt vier Punkte Vorsprung vor den Falkenhorstern!«, fasste Alina den Stand zusammen.
Nele sah Emma an. »Wenn du einen fehlerfreien Ritt hinkriegst, haben wir gewonnen.«
Emma schluckte. Jetzt hing alles an ihr! Die Schmetterlinge in ihrem Bauch flatterten wie verrückt hin und her und ihr war ein klein wenig schlecht.
»Setz sie nicht unter Druck, Nele«, mahnte Jan. »Du reitest so gut, wie es geht, Emma.«
Mia steckte Emma den kleinen Pony-Schlüsselanhänger zu, den Emma schon bei der Aufnahmeprüfung als Glücksbringer in der Hosentasche gehabt hatte.

»Uff, den kann ich jetzt gut gebrauchen«, sagte Emma und schob ihn in die Tasche ihres Reitjacketts.
»Als letzte Reiterin bitten wir Emma auf Flöckchen in den Parcours«, tönte es über den Schlosshof.
»Viel Glück! Toi, toi, toi! Du schaffst das!«, hörte sie

von allen Seiten, als sie Flöckchen in den Parcours lenkte.

Johanna von Kirschental saß mit zwei Richtern, von denen einer ihr Bruder war, hinter einem Tisch an der kurzen Seite des Springplatzes. Hubdus hatte mit Justus, Leon und den anderen Falkenhorstern, die zum Zuschauen und Anfeuern gekommen waren, in der ersten Reihe auf der Tribüne Platz genommen. Er sah düster drein.

»Wir schaffen das, Flöckchen«, flüsterte Emma leise und nahm die Zügel auf. Flöckchen drehte ein Ohr nach hinten und schnaubte fröhlich.

Im Publikum entdeckte Emma ihre Eltern und Max, die strahlend ihre gestreckten Daumen in die Luft reckten, und nicht weit entfernt lugte Nellys Kopf durch die Bande.

Dann ertönte auch schon das Startsignal, Emma gab mit den Zügeln nach und sofort fiel Flöckchen in einen flinken, aber ruhigen Galopp.

»Wirf dein Herz voraus, wirf einfach nur dein Herz voraus«, dachte Emma immer wieder und lenkte Flöckchen auf das erste Hindernis zu.

Flöckchen fand an dem kleinen Oxer den richtigen Absprung, setzte mit einem hohen Sprung darüber und nahm auch die nächsten drei Hindernisse – die kleine Mauer mit den Blumen und zwei Steilsprünge – weich und fließend. Emma ritt eine scharfe Kurve, trieb Flöckchen noch mehr an und da kamen auch schon die letzten Hindernisse. Weit setzte Flöckchen über den Wassergraben, nahm die Kombination mit perfekten Galoppsprüngen und flog über den

abschließenden Oxer. Doch … da klapperte es plötzlich und ein Raunen ging durch das Publikum. »Egal, Flöckchen«, flüsterte Emma und sah sich nicht um, um zu prüfen, ob die Stange gefallen war. Sie gab Flöckchen die Zügel frei, die Stute galoppierte Richtung Zielgerade, und tosender Beifall brandete auf, als sie ins Ziel kamen.

»Emma auf Flöckchen: null Fehler! Der zweite fehlerfreie Ritt beim heutigen Turnier«, jubelte es durch die Lautsprecheranlage. Emma konnte es kaum glauben: null Fehler! Die Stange, die geklappert hatte, war nicht heruntergefallen! Was für ein Riesenglück!

Die Kirschentaler tobten vor Begeisterung. »Wir haben gewonnen! Du hast einen Null-Fehler-Ritt hingelegt!«, schrien sie und hüpften mit Nelly, die sofort nach dem Ritt von ihrem Aussichtsloch herbeigesprungen war, um Emma und Flöckchen herum.

»Voll krass, wirklich! Als hättest du die ganze Zeit nur Flöckchen geritten«, rief Mia strahlend und Jan klopfte immer wieder Flöckchens Hals.

»Ganz, ganz ausgezeichnet, ihr beiden«, lobte er. »Das war ein fabelhafter Ritt.«

»Mhm, stimmt«, brummte Paul. »Ich hätte es nicht besser machen können. Echt cool.«
Überglücklich sprang Emma aus dem Sattel und schlang ihre Arme um Flöckchens Hals, während Nelly sich selig an ihre Beine schmiegte.

8. Eine richtige Kirschentalerin!

»Wie leicht und elegant das aussah!«, sagte Emmas Mama begeistert, als Emma wenig später Flöckchen im Stall absattelte. »Ich wusste gar nicht, dass du schon so gut reiten kannst!«

»Ich sag ja immer: Wenn man etwas will, dann schafft man das auch. Toll, Emma!«, sagte auch Emmas Papa stolz. »Findest du doch auch, Max, oder?«

»Mhm, schon«, murmelte Max, und Emma wusste, dass dies das höchste Lob war, das sie von ihrem Bruder kriegen konnte.

»Ist das dein Bruder?«, fragte Nele, als sie mit Pollux bei Emma und ihrer Familie vorbeikam.

Emma nickte. »Genau. Und das ist Nele. So, jetzt kennt ihr euch.« Max wurde rot, Nele auch und Emma grinste.

»Meine Damen und Herren, verehrtes Turnierpublikum, ich darf um Ihre Aufmerksamkeit bitten!«, rief Waldemar von Kirschental durch die Lautsprecherboxen. »Die Sieger des diesjährigen Kirschentaler Springturniers stehen fest. Das Team von Gut Falkenhorst hat sechzehn Strafpunkte, das Team vom Pony-Internat Schloss Kirschental zwölf. Damit geht der diesjährige Kirschental-Pokal an das Team vom Pony-Internat …« »Schloss Kirschental« wollte Waldemar von Kirschental noch sagen. Doch sein Satz ging in dem tosenden Jubelgeschrei der Kirschentaler unter. Der Jubel war so laut, dass selbst die Ponys auf den Weiden am Waldrand die Köpfe hoben und neugierig zum Turnierplatz herüberblickten.

Zur Siegerehrung ritten Emma, Mia, Nele und Leonie noch einmal in den Parcours. Strahlend nahm Nele den umkämpften Kirschental-Pokal von Waldemar von Kirschental entgegen.
»Kneif mich mal«, flüsterte Emma Mia zu, die mit Linus neben ihr stand.
»Gern!« Mia zwickte Emma in den Oberarm.

Emma quietschte und Flöckchen drehte verwundert die Ohren nach hinten.
»Und?«, fragte Mia.
»Alles echt und wahr«, lachte Emma.
Johanna von Kirschental gratulierte allen und steckte den Ponys die gelben Sieger-Schleifen an die Reithalfter. Dann wurde auch schon die Ehrenrunde eingeläutet. Mit wehender Mähne galoppierten Emma und Flöckchen fröhlich an den winkenden Zuschauern vorbei und in diesem Moment war sie wohl die glücklichste Emma der ganzen Welt.

»Wo ist denn Paul?« Emma, die mit ihrer Familie am großen Büfett stand, sah sich suchend in der Eingangshalle des Schlosses um.
»Der holt leider gerade den Schlag«, rief Leonie. »Ich hoffe, wir kriegen nachher auch noch genug davon ab.«

»Wie bitte? Ihr wollt Schläge?«, wunderte sich Max.
»Beim Turnier schon«, lachte Leonie und lief weiter.
Im selben Moment tauchte Paul mit Alma hinter einem Servierwagen mit vielen silbernen Schüsseln und Glasschalen auf. Sein Gesicht schimmerte grünlich, als er den Servierwagen neben das Büfett schob und dann plötzlich Richtung Toiletten stürmte.
»Was ist denn mit dem los?«, fragte Hubdus, der sich mit seinem Vater und den anderen Falkenhorstern ebenfalls am Büfett stärkte.
»Ach, nichts Ernstes«, winkte Alma ab. »Unser Pummel hat wohl doch wieder zu viel Schlag genascht.«

Emma nahm sich ein Schälchen mit der heißbegehrten Baiser-Erdbeer-Creme.
»Mhmmmm, schmeckt das toll!«, rief sie begeistert und verdrehte die Augen. »Den nächsten Schlag-Küchendienst übernehme ich!«

Es wurde noch ein lustiger Nachmittag auf Schloss Kirschental. Die Sonne lachte, Jan grillte Würstchen.

Max saß immer bei Nele und ließ sich von ihr sogar die Ställe zeigen, was Emma ihm hoch anrechnete. Später holte Jan noch seine Gitarre heraus, und sie sangen mit den vielen Eltern und Besuchern, die auch aus dem benachbarten Waldbrohl gekommen waren, im Schlosshof Reiterlieder. Selbst Hubdus und seine Freunde brummten mit und wollten gar nicht nach Hause. Hubdus' Vater aber drängte irgendwann zum Aufbruch. Die Jungen verluden ihre Ponys und Waldemar von Kirschental stieg in seinen Jaguar und brauste davon.
»Der ist vielleicht komisch«, sagte Emma später, als sie die Ponys auf die Weide gebracht hatten und ihnen am Weidezaun noch ein wenig zuschauten. »Er hat sich überhaupt nicht von Joki und Jan verabschiedet.«
»Die beiden sind ja auch nicht gerade freundlich zueinander«, meinte Mia. »Joki redet auch kaum mit ihm.«
»Vielleicht haben sie wirklich Streit?«
Mia zuckte mit den Achseln. »Vielleicht. Aber zum Glück ist das nicht unsere Angelegenheit«, sagte sie dann.

»Stimmt. Aber das mit Hubdus schon.«
»Was meinst du?« Mia sah Emma fragend an.
»Na, wir haben ihn doch verdächtigt, dass er die Hindernisse angesprüht und die Ponys entführt hat«, half Emma ihr auf die Sprünge.
»Emma hat recht«, sagte Paul mit vollem Mund. Nachdem es ihm wieder besser ging, hatte er sich mit einer Bratwurst eingedeckt.

»Auch wenn ich ihn nicht mag, war das echt nicht fair. Was sollen wir als Wiedergutmachung für ihn machen?«

»Da fällt uns bestimmt noch etwas ein«, sagte Emma. »Aber sag mal, Paul, was ist denn dahinten in deiner Hose?« Emma war schon vorher aufgefallen, dass Pauls Hintern merkwürdig vorstand.

»Das«, sagte Paul und streckte Emma und Mia seinen Po entgegen, »ist mein Po-Protektor. Gips mit Schaumgummi drunter. Wenn ich nächste Woche wieder reiten kann, werde ich ihn sofort ausprobieren. Beim Sitzen fühlt es sich jedenfalls ziemlich gut an.«

Die Mädchen prusteten los und Paul wackelte mit seinem ausgestopften Hinterteil.

»Wow, was für ein toller Tag!«, seufzte Emma später. Sie hatten die Turnierkleidung gegen normale Klamotten getauscht und sich anschließend noch einmal zur Koppel rausgeschlichen. »Heute Morgen habe ich geglaubt, dass ich Flöckchen nie wiedersehen werde. Dann entdeckt Nelly sie und Pollux, wir gewinnen das Turnier und Paul erfindet eine Reitkappe für den Po. Megacool, oder? Bestimmt hat mir der Glückbringer heute auch wieder ganz doll geholfen. Danke.«

Emma zog den Pony-Schlüsselanhänger aus ihrer Tasche und gab ihn Mia zurück.

»Bestimmt«, grinste Mia. »Und jetzt gehört er dir.«

»Du schenkst ihn mir?« Emma sah Mia ungläubig an.

Mia nickte. »Weil ich es so schön finde, dass du da bist. Und alle anderen finden das auch.«

»Stimmt«, sagte Paul und schlug Emma auf die Schulter, »wirklich prima, dass du bei uns bist. Und wenn ich noch mal auf den Hintern falle und trotz Po-Protektor blaue Flecken kriege, kannst du Flöckchen wieder reiten.«

Emma sah von Mia zu Paul und dann zu den Ponys auf den Weiden, die in der Abendsonne friedlich grasten. Sie strahlte über das ganze Gesicht und die Schmetterlinge in ihrem Bauch flogen Achterbahnkurven. Aber diesmal nicht vor Aufregung, sondern vor Freude.

Jetzt endlich war sie eine richtige Kirschentalerin!